小龍仔
求學記

楊 柳

推薦序
悅讀《小龍仔求學記》科普故事

在香港青少年文學領域中，喜歡寫科普故事的作家很少，作者楊柳說：兒童是世界的花朵，也是世界的未來……我想為兒童寫一本具有中國香港特色的兒童科普讀本。

非常高興見到其力作《小龍仔求學記》終於由紅出版結集面世，而正如作者所言，這是一本特別的科普故事！

如果要舉出一種最能代表中國人的動物，很多人聯想「龍」，本書以擬人手法創作，情節以主人翁小龍仔帶動，展開六章：

一、宇宙大爆炸
二、啄木鳥的實驗室
三、森林奇遇
四、上天，還是入地？
五、生命之源
六、借雲

作者通過六個生動有趣的童話故事，向青少年傳達共 10 項科普知識，如風的形成，圍繞太陽轉的八大行星，海水是從哪裡來的假想，組成土壤的 3 體，土壤的耕層及非耕層等等。

　　兒童喜歡探索，對周圍的世界會充滿好奇，一個個充滿求知欲的小朋友，常常會就生活中種種疑問去問大人為什麼？

　　通過此書，孩子會明白科學是可幫助我們解決日常生活的問題，少年兒童藉閱書搭建科學知識和日常生活的聯繫，並建立起對科學的興趣，初步培養科學思維方式和素養。

　　如果從內容章節細讀，作者以金木水火土為主要內容構思，藉小龍仔求學的經歷，講述科學與生活的聯繫，讓小讀者更好理解自然科學，探討人類應如何對待自然，並從生活層面作出反思。

本書兼具科普和人文特色，故事裏主角在「好奇心」的追尋下，經歷了多方面的觀察和漫長的研習；對自然界的認識加深了，才能成功幫助了社群。書中的科普知識，在有趣的情節發展中，發揮着獨特作用。

　　翻讀《小龍仔求學記》確實有助兒童少年讀懂科普、感悟文化。關心大自然，其實也就是關心我們人類本身。此書是一本特別的科普故事，富出版意義，可把故事情節當成學習科普知識一樣的來吸引兒童接觸科學，親近科學。本書題材銳意將學習寓於悅讀，健康益智，故事有趣，插圖活潑，精心編輯；相信必受少年兒童喜愛。

　　認識、尊重和保護大自然的工作，絕對是對人類願景很重要的使命，自然界的變化對人類生活影響越來越大，科學研究對人、對社群

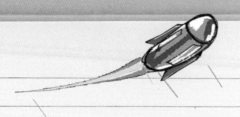

人是重要而美好的；在新的科學世代下，人有條件走向世界天文的文化思考，深入觀察自然本身，就有豐富感、神秘感，以及有純粹而簡單的美；讓我們的兒童千萬不要忽略了對自然真實情況的認知，都來親親大自然及學習科學吧，絕對是可令這個世界更加美好有趣呀。

此書可讓小學生和《小龍仔求學記》的主角那樣，喜歡上科普學習，能獲教益，增廣智慧；提醒人要常保童心，好奇心，關注身邊的人和事，有勇氣和毅力，對生活觀察入微，對自然界懂得欣賞和尊重，本人誠意推介，值得廣傳。

潘金英

潘金英，筆名英明，作家，香港作聯理事，藝術發展局文學評委。

自序

兒童是世界的花朵，也是世界的未來。

很久之前，我就想為兒童寫一本具有中國香港特色的兒童科普讀本。近年來，經過反復的思考醞釀，我嘗試以金木水火土為主要內容，撰寫了一個故事集，名為《小龍仔求學記》。

此書通過六個生動有趣的童話故事，向兒童介紹了一些顯淺易懂的科普知識。倘若小朋友們喜歡，余心足矣。

這裡首先要感謝的是潘金英前輩，她在百忙之中抽出寶貴的時間，不辭勞苦，為我寫下了這麼好的序。其字裡行間滿是關懷與激勵，從而鞭策我發奮圖強，努力上進。

紅出版林達昌先生看了《小龍仔求學記》的初稿後，肯定了我對小朋友的愛心，並提出了很多寶貴建議，讓我深受教益，倍感鼓舞，故特此致謝！

楊柳

二〇二三年三月八日

目錄

一、宇宙大爆炸

　　九歲的小龍仔聰明好學，覺得龍宮生活枯燥無味，於是向龍媽媽請示出海求學。龍媽媽很早就聽說人間有一所大自然學校聞名於世界，由五千年老槐樹爺爺主教。為了讓小龍仔茁壯成長，龍媽媽答應了小龍仔的請求，並且親手修書一封，請五千年老槐樹爺爺收留並管教小龍仔。

臨行前，龍媽媽擔心小龍仔行走辛苦，特地準備了許多代步工具，如水陸兩棲汽車、飛艇等等，但小龍仔一樣也不要，堅持步行。

　　那天，小龍仔很早就啟程了，他一出大海，迎面就遇見了風。小龍仔禮貌地問：

　　「我是小龍仔，你是誰？」

　　「我是小風仔。」

　　「風媽媽批准你出來嗎？」

　　「我媽媽是空氣，熱空氣與冷空氣的互動便產生了我。所以，我生來就是四處跑的。小龍仔，你去哪裡？」

　　「媽媽批准我去大自然學校向五千年老槐樹爺爺求教。」

「那裡我去過，我帶你去吧。」

「你真好！我可以叫你風哥哥嗎？」

「看來你比我小，好，我就叫你小龍仔弟弟吧。」

「我真高興，我又有哥哥了！風哥哥，我們走吧，快帶我去大自然學校，拜見五千年老槐樹爺爺吧。」

「好，小龍仔弟弟，我們走吧。」

小龍仔與風哥哥手牽著手，有說有笑，從大海中央向岸邊走去。他們走了半天，才抵達海岸。小龍仔抬頭望去，看見沙灘遠處有一個五彩的大球飄浮在高地上，那裡，還有幾幢奇形怪狀的建築物。他好奇地問：

「風哥哥，快看那裡，有一個很好看的圓錐形大球，那是甚麼呀？」

「那是熱氣球，點上火後，熱氣可以讓它飛上天去。」

「真好玩，風哥哥，我倆去看看吧！」

「好，去看看。」

「噢 —— 我要坐熱氣球囉，我要上天去玩囉！」

小龍仔大聲喊著，高興地朝熱氣球跑去。當他氣喘吁吁地跑到那裡的時候，他看見熱氣球旁邊坐著一位戴眼鏡的烏龜。小龍仔心想：「我在龍宮也見過烏龜，但都沒有戴眼鏡，想必他年紀很大了。」

這時小風仔走過來，輕聲對小龍仔說：

「這裡是天體觀測研究所，他是這裡的所長，千年靈龜。」

小龍仔聽了，很有禮貌地說：

「千年靈龜先生，您好！請問我可以坐熱氣球上天去玩玩嗎？」

千年靈龜先生笑了笑說：

「可以呀，但是，你要回答我一個問題。」

「好，千年靈龜先生，您問吧。」

「我問你，海水是從哪裡來的？」

這下可把小龍仔問住了，心想：「我出生在龍宮，生活在龍宮，龍宮就在海水裡，海水是從哪裡來的，我怎麼不知道呢！」小龍仔感到很慚愧，低聲向千年靈龜先生說：

「對不起，我不知道。」

說完，小龍仔轉身就走，他覺得自己不配坐熱氣球去玩。這時，千年靈龜先生叫住他，說：

「小龍仔，你可以坐熱氣球了。」

　　小龍仔喜出望外，蹦著跳著，和風哥哥一起坐上了熱氣球。熱氣球不斷地向上升，小龍仔看見千年靈龜先生變小了，沙灘變小了，大海也變小了……隨著熱氣球的飄移，他看到了廣闊的田野和森林；看到了美麗的城市和鄉村；看到了無數座起伏連綿的山巒；還看到了無數條由高到低、波光粼粼、向著大海奔騰不息的江河……他終於明白千年靈龜先生讓他坐熱氣球的原因——那是讓自己開闊眼界，讓自己學習，讓自己知道，海水是從千百條大江大河流來的。

小龍仔回到地面，連聲感謝。千年靈龜先生摸著小龍仔的頭說：

　　「你很聰明，但是你要知道，我問你海水是從哪裡來的，就等於問你地球上的水是從哪裡來的。這個問題很大很複雜，今天你看見江河裡的水流入大海，甚至天上下的雨水都經江河流入大海，它們都只是**地球水循環**中很小的一部分。關於水來源的學問還很多、很深呢，孩子，你想學嗎？」

　　「千年靈龜先生，我想學，請您教我吧！」

　　「好的，你和小風仔一起來參觀我的太空館吧。」

　　千年靈龜先生伸手指著不遠處一個白色的建築物對他倆說。

小龍仔順著千年靈龜先生指的方向看去，遠處的太空館有一個設計獨特的蛋形外殼，是他從來沒有見到過的建築物。它的外表看似不大，裡面卻特別寬廣，設有天象廳、宇宙廳、太空探索展覽廳，還有天文書店等等。

　　走進宇宙廳，只見星光熠熠，令他倆眼花繚亂。千年靈龜先生把**太陽系和銀河系**指給小龍仔和小風仔看，又將**圍繞太陽轉的八大行星，即水星、金星、地球、火星、木星、土星、天王星及海王星**指給他倆看。千年靈龜先生說：

　　「地球是太陽系八大行星中唯一被液態水覆蓋的星球。那麼，地球上的水是怎樣來的呢？也就是說，浩瀚的**海水是從哪裡來的呢**？」

「是呀，這些水到底是從哪裡來的呢？」
小龍仔很想知道這個問題的答案，於是也問
道。

「要弄清楚這個問題，我們可以去天象
館看看，也許會搞明白。」

「好，千年靈龜先生，請您快帶我倆去
看看吧。」

天象館裡有一艘圓環形的銀白色飛船，
千年靈龜先生說：

「這是一艘**光粒子噴射飛船**，它可以帶
我們穿越時空。」

「咦，這艘光粒子噴射飛船渾身光溜溜
的，別說門，連一條縫隙都沒有，怎麼進去
呢？」小風仔好奇地問。

「你倆想進去嗎？」

「想！」

「好，我們進去吧！」

千年靈龜先生話音未落，他們已坐了進去。寬敞的船艙內光綫柔和，溫暖舒適。這時他倆才發現，自己不知甚麼時候已經穿上了耐高溫奇寒、外面堅硬無比，內裡卻異常柔軟的星航服。他們從頭到腳被密密實實地包裹著，並被緊緊地扣上了安全帶。還沒等他倆弄清楚是怎麼回事，只覺銀光一閃，他們已穿越時空，來到了地球尚未存在的億億萬年前。他們在廣闊無邊，深邃莫測的宇宙太空裡飛行。

突然，一束束強光射來，他們雖然有星航服保護，還是感到很刺眼。緊接著一陣陣「轟隆！轟隆！轟隆！」的聲音傳來，震天價響，震耳欲聾。此時，太空中，火光四射、烈焰亂竄、隕石橫飛、塵埃星雲滿空。光粒子噴射飛船在火光、烈焰、石雨的攻擊下被沖天的塵埃星雲包圍著、撕扯著、劇烈搖晃著、像是會被破裂成碎片，或是被超高溫熔化。艙內奇熱難耐，令人幾乎窒息。

　　「**宇宙大爆炸**，大家小心！」千年靈龜先生大聲喊道。

　　幸好光粒子噴射飛船速度極快，一眨眼便飛離了宇宙大爆炸現場。待他們轉頭再飛回來時，宇宙大爆炸已經結束了。只見那些**宇宙隕石**、**塵埃**和**星雲**正在慢慢聚集成**初始行星地球**。

「哇，地球剛形成時，就像是一個大火球。」小風仔驚訝地說。

「你倆看，**初始地球的那些原始物質顆粒隕石在當時的高溫中處於熔融狀態，由於地球急速運轉（繞太陽公轉和自己轉動），那些活動性強又輕的帶水物質從地殼被排擠出來，呈水氣狀態，在高空凝結成雲，而且愈積愈多。**」千年靈龜先生說。

「是啊，簡直是鋪天蓋地。」小龍仔說。

光粒子噴射飛船繼續往回飛，來到太古初期。這時，地球表面的溫度已經降低到水的沸點（攝氏一百度）以下。

「噠噠噠噠……」一顆顆大大的水珠敲打在光粒子噴射飛船的機身上。接著，「嘩啦嘩啦、嘩啦啦嘩啦啦、嘩嘩啦啦嘩嘩啦啦……」

天上積聚已久的大量水氣雲層化作傾盆大雨，一陣大過一陣地呼叫著降落在地表，形成了地球表面的水，構成了江河湖海。

「噢，我家大海裡的水原來是這樣來的！」小龍仔恍然大悟，興奮地說。

「千年靈龜先生，您剛才說地球帶水的物質從地殼被排擠出來，是從哪裡看出來的？」小風仔問道。

「你倆剛才有沒有看見熾熱的岩漿從地殼噴射出來？」

「有啊，地球表面很多地方時常都有岩漿噴射出來呀！」

「這就是我們現在常說的**火山爆發**。三十億年前，火山爆發非常頻密。要知道，一次火山爆發，它噴射出來的水蒸氣有幾百

萬公斤。這些水蒸氣在高空聚集，就是前面你倆看見的化為雨水鋪天蓋地落下來的雲層。所以，火山爆發才是水的主要來源。」

「前不久，地球上還有火山爆發耶，如此看來，海水只會增加不會減少，更不會乾涸囉。」小龍仔終於放下了壓在心中的大石頭，高興地說。

「是的，海水有增無減，是永遠不會乾涸的。」

千年靈龜先生說完，停了停，又說：

「地面上和海洋裡的水遇熱化為水蒸氣升上天空，在高空遇冷化為雨落下地面，又經地面的江河和地下河流回海裡。地球上這種**水的大循環**，你倆願意親自體驗一下嗎？」

「願意。」

「啊呀⋯⋯」

小龍仔和他的風哥哥剛說完「願意」，就已被彈出艙外，雙雙穿著最新款的飛行潛水服，隨著雨水向地面飛去。耳邊傳來千年靈龜先生的話：

「小風仔，你循地面的江河進入大海；小龍仔，你遁入地下，循地下河流回大海，再與我會合。」

小龍仔和小風仔隨波逐流，彎彎拐拐，與魚蝦為伴，與泥沙為伍，足足用了半個月的時間才潛回了大海。只見海底停著一艘亮晶晶的潛艇，其實那就是光粒子噴射飛船的變身。千年靈龜先生在潛艇內一招手，他倆便「嗖」的一聲進入了船艙內。

光粒子噴射飛船操作全自動，隨意大變身，出入無需門，體貼又溫馨，這種高端科技，令小龍仔小風仔嘖嘖稱奇，讚嘆不已。

　　這時，他們返回到六億年前的時代，地表溫度已經下降到攝氏三十左右。千年靈龜先生問道：

　　「通過親身參與水的大循環，你倆還有甚麼疑問嗎？」

　　「地球上的水會跑到太空裡去嗎？」小風仔有些擔心地問。

　　「不會。」

　　「為甚麼呢？」

「因為地球的**重力**大，它能夠把水吸引住，不讓水逃逸到太空中去。」千年靈龜先生笑著回答。

「除了地球本身的火山爆發和水的大循環以外，大海還有水的其它來源嗎？」

「小龍仔，你問得好，的確還有一個水源。」

「還有一個水源？是甚麼呢？」

「那就是**冰山的溶化**呀！」

「冰山好好的，怎麼會溶化呢？」

「近些年來，由於人類的**碳排放**和一些損壞大自然的舉措，已經使地球溫度不斷升高，從而使地球南北兩極的千年冰山開始溶化。大量冰水流入大海，雖然可以增加水量，

但是，又令海平面上升，這樣，除陸地面積減少之外，還會帶來其它危害。」千年靈龜先生嚴肅而憂慮地回答。

小龍仔聽了，連忙搖頭擺手，著急地說：「我們大海龍宮不要冰山溶化，不要冰水，只要大自然永遠平衡和順，只要人間永遠平安快樂。」

「小龍仔，你有這樣的想法很好。」

「希望人類盡快達至碳的零排放。」小風仔說。

「還要保護好大自然。」小龍仔補充說。

千年靈龜先生聽了小龍仔和小風仔的話，感到很欣慰。讚許地笑著說：

「你倆講得很對。現在還有一點你倆也應該知道。」

「是甚麼呢？請您快講，我和風哥哥都喜歡聽。」

「好。我要說的是，關於地球上水的來源還有其它的說法。」

「不管還有甚麼其它的說法，反正我相信剛才看到的東西，更何況至今地球上都還不時有威力強大的火山爆發呢！這是鐵證啊！」

言談間，光粒子噴射飛船已經穩穩地停在天象廳了。

二、
啄木鳥的實驗室

　　小龍仔和小風仔謝過千年靈龜先生，繼續向前走，去尋找五千年老槐樹爺爺。他倆走過綠油油的草原，來到一大片茂盛的森林邊，看著那無數棵粗壯高大的樹幹，小龍仔問風哥哥：

　　「為甚麼這裡的草和樹都長得這樣好呢？」

　　小風仔一時回答不出來。

突然，一陣「叮叮叮……」的聲音傳來，小龍仔抬頭一看，原來是一隻鳥站在樹幹上用尖尖的嘴啄開樹皮，將藏在裡面的害蟲叼出來。於是，小龍仔虛心地問道：

「辛勤的小鳥先生，您知道這裡的草和樹長得這麼好的原因嗎？」

「我叫啄木鳥，是森林的醫生。這個問題的答案很簡單，因為這裡的土壤肥沃，所以草和樹都長得很好。」啄木鳥飛下來對小龍仔和小風仔說。

「土壤？就是我們腳下的土地嗎？」

「是呀。」

「土壤肥沃又是怎麼回事呢？」

「如果你倆想知道有關土壤的知識，就請來我的土壤科學分析實驗室吧。」

「好呀！求之不得呢。」

小龍仔和小風仔隨啄木鳥先生來到土壤科學分析實驗室，只見裡面有兩部大大的顯微鏡，成百個土壤模型，還有許多玻璃瓶、玻璃試管和玻璃片等等，真是琳瑯滿目。

啄木鳥先生用玻璃匙在一個玻璃樽中取出了一匙土壤的樣品放在顯微鏡下，調試好後讓小龍仔和小風仔看。

「哎呀，好稀奇，土壤裡竟然布滿大大小小的蜂窩狀孔隙！」他倆看後都叫了起來。

「對呀，因為土壤是一個**疏鬆多孔體**。存在於土壤毛管孔隙中的水分能被植物直接吸收利用，還能溶解和輸送土壤養分。」啄木鳥先生說。

「是嗎？孔隙裡還有水？怎麼沒有看見？」

啄木鳥先生笑了笑，將一匙土壤放在玻璃片上用酒精燈加熱，在土壤上方的另一塊冷的玻璃片上立即出現了細微的水珠。

「土壤的孔隙裡真的有水啊！」小龍仔和小風仔又叫了起來。

「土壤的孔隙裡不僅有水，還有空氣呢。」

啄木鳥先生一邊說，一邊把一匙土壤慢慢倒入一瓶水裡。很快，一串串氣泡從土壤中跑了出來，冒出了水面。

「風哥哥，土壤裡真的還有空氣耶！」

「不錯，這些氣泡都是從土壤裡跑出來的。」

空氣

水份

這時，啄木鳥先生說：

「植物賴以生存的土壤是由固體、液體、氣體三類物質組成的。 液體就是水，氣體就是空氣，剛才你倆都看見了。至於固體嘛，土壤中除了空氣、水分之外，剩下的就是固體物質了。你倆先看看這個土壤模型吧。」

啄木鳥先生左手指向右手中的土壤模型說：

「我們暫且把**土壤分為上面黑色灰白色的耕層和下面黃色的非耕層兩大部分。** 土壤固體物質包括礦物質、有機質和微生物等。礦物質和有機質緊密結合，佔耕地耕層約百分之二點五。有機質中百分之九十以上是腐殖質，其中含有氮、磷、鉀、硫等大量元素，它是植物養分的主要來源。所以，有機質越多，土壤就越肥沃，植物生長得就越好。」

耕層

非耕層

「啄木鳥先生，您說的是這個土壤模型上部黑色的地方嗎？」

「是的，植物的根主要就在那裡吸收養分。」

「也就是說，因為草原森林土壤的有機質豐富，土壤肥沃，所以草和樹都生長得很好。」

「是的。因為這裡都是草和樹葉在地下腐爛而自然形成的有機質。」

「噢，我明白了，如果農作物要大豐收，就要多施有機肥料。」

「小龍仔，你很聰明，能舉一反三，學以致用。不過還要記住植物生長三要素和植物營養三要素。」

「快教教我倆，啄木鳥先生。」小龍仔和小風仔一起說。

「好，你倆記住啊，**植物生長三要素是：光照、空氣、水；植物營養三要素是：氮、磷、鉀。**」

「植物生長三要素我倆知道了，但植物營養三要素還不太清楚，請您再講講吧，行嗎？」

「好哇！你倆的求知欲這樣高，我很歡喜呀。是這樣的，氮、磷、鉀都是無機鹽，它們是有機質中的主要元素。

氮，它能促進植物細胞的分裂和生長，使枝繁葉茂；

磷，它能促進幼苗的發育和花的開放，使果實、種子提前成熟；

鉀，它能使植物莖幹健壯，促進澱粉的形成和運輸。」

「沒有想到，氮、磷、鉀有這麼重要的作用。」小龍仔說。

「一定要給土壤耕層多施一些有機肥料。」小風仔說。

「還要採取中耕、深耕、鋤地、鬆土、曬田等措施，保存土壤中的水分，增加土壤中的空氣。」小龍仔說。

「你倆講得太好了！農民伯伯就是這樣種莊稼的。」

啄木鳥先生竪起大拇指大聲稱讚。

聽說小龍仔和小風仔要去找五千年老槐樹爺爺，啄木鳥先生指著北方說：

「你倆一直朝北走，穿過這片森林，再翻越兩座高山，渡過一條大河，離五千年老槐樹爺爺就不遠了。」

「好的，我倆一定會很快找到他老人家的。謝謝啄木鳥先生！」

三、森林奇遇

　　小龍仔覺得這幾天學到不少科學知識，心裡很高興。他拉著風哥哥的手，唱著跳著，在森林裡興致勃勃地向北方前進。

　　森林很大呀，他倆走了很久很久，仍不知道邊緣在哪裡；森林很密啊，參天大樹一棵接著一棵，遮天蔽日。天，漸漸黑了下來，四周死一般地沉寂。小龍仔心中有點害怕，緊緊地拉著風哥哥的手。他在心裡反覆鼓勵自己：

「小龍仔，不要害怕，要勇敢！」

他抬頭望向天空，想找到北極星確定前進的方向，但樹葉太密，看不見星星。突然，前方黑暗深處出現了一點一點黃綠色的星光，一閃一閃地上下移動，是那麼多，又是那麼美。小龍仔覺得仿佛是一羣奇妙的小仙女握著螢光棒在那裡飛舞；又像是浩瀚宇宙中的顆顆行星閃耀著轉動……然而，不是，都不是。不過，那是多麼美幻的情景啊！當小龍仔再定睛看去的時候，沒有了，甚麼都沒有了，四周仍然是一片漆黑，仍然是一片死一般的沉寂。

就在小龍仔和小風仔心神不定的時候，一團團綠陰陰的火向他倆飄來。

　　「鬼火！鬼火！」小風仔嚇得連忙躲在小龍仔的身後。

　　「甚麼鬼火？把你嚇成這樣！」小龍仔壯著膽說。

　　「鬼火！鬼來了，要奪我倆的性命！」小風仔戰戰兢兢地說。

　　「甚麼？就這麼點陰火，也能取我倆的性命？不怕，有我呢！」聽了風哥哥的話，小龍仔半信半疑，心中仍不免發悚。但是，事到生死關頭，小龍仔豁出去了，反而沒有了畏懼。他大聲地、勇敢地喊道：

　　「來吧！來吧！看你能把我怎麼樣！」

「吱呀 ── 吱呀 ── 咕咕 ── 咕、咕咕 ── 咕……」不知從哪裡傳來了一陣陣古怪淒厲的叫聲，嚇得小龍仔和小風仔毛骨悚然，頭皮發麻，起了一身的雞皮疙瘩。猛然間，一團黑乎乎的東西，瞪著一雙閃著綠光的圓眼睛，從小龍仔頭頂「嗖」地掠過，帶動一股強勁的冷風橫掃過來，差一點把他倆吹倒。小龍仔還沒有回過神來，緊接著傳來一陣「哈哈哈」的大笑。笑聲剛過，小龍仔和小風仔已經站在一間明亮的大廳裡了。

戴著銀框眼鏡的狐狸先生迎了上來，彎腰向他倆鞠躬，並且彬彬有禮地說：

　　「歡迎兩位光臨在下的魔術天堂。我叫狐狸，是這裡公認的天才魔術師。」

　　「請問剛才美幻和驚恐的兩個場景都是您變出來的嗎？」小龍仔也很有禮貌地問道。

　　「可以說是，也可以說不是。」

　　正當小龍仔與小風仔聽了這句模棱兩可的回答，感到無比困惑的時候，狐狸又說：

　　「請讓我介紹這兩位朋友給你倆認識吧。這位是我的助手貓貓頭鷹先生，這位是我請來的特別嘉賓螢火蟲小姐。好了，你倆向小龍仔和小風仔簡單地自我介紹一下吧。」

貓頭鷹先生和螢火蟲小姐都有些猶豫，誰也不想先開口，怕說不好，得罪了客人。

狐狸先生見此，笑了笑說：

「好，我來請。螢火蟲小姐，您口齒伶俐，就先自我介紹一下吧。」

螢火蟲小姐也不再推辭，就說：

「我叫螢火蟲，又叫火金姑、亮火蟲。為了照明、求偶、警戒、誘捕，也為了把自己打扮得漂亮一些，我和我的兄弟姐妹們在身體末端分別會發出黃色、綠色、黃綠色、橙色、紅色等各種不同顏色的光彩。」

「為甚麼會發出這些美妙奇幻的光彩呢？」小龍仔很好奇，竟然有些唐突地打斷了螢火蟲小姐的話，提出這個他迫切想知道的問題。

螢火蟲小姐嫵媚地看了小龍仔一眼，沒有一點生氣的樣子，反而嬌聲說：

　　「小龍仔哥哥，您問得好。我告訴您吧，我們身體的末端有一個會發光的器官，我們呼吸時，體內的螢光素和吸進的氧氣化合成螢光素酶，於是就開始一閃一閃地發光了。」

　　「這樣長時間發光發熱，不會燒壞自己的身體嗎？」小風仔迫不及待，關心地問。

　　「小風仔，謝謝您的關心！我們體內的螢光素和氧化合而產生的能量，百分之九十五會轉化成光能，用於發光，只有極少的一點點轉化為熱能。所以，我們發光的身體一定會安然無恙的。」

　　「好了，現在請貓頭鷹先生自我介紹一下吧。」

聽到魔術大師狐狸先生點了自己的名，貓頭鷹臉一紅，頭一低，還是一言不發。狐狸先生連忙對大家說：

「我這位助理頭腦靈活，做事認真，只是不善言辭，好，我替他簡單地介紹介紹吧。」

狐狸先生說完，急速地轉了一個身，隨手在空中一抓，然後朝著正前方將手掌張開，同時呼道：「來！」聲音未落，銀幕上就現出了有關貓頭鷹簡介的文字。

大家都拍手叫好！

原來貓頭鷹又叫長耳鴞，是夜行性鳥類，專門在夜晚出沒，而且飛行時悄然無聲。他雖然外貌醜陋，叫聲淒厲，給人恐怖的感覺，但是，他是唯一能夠分辨藍色的鳥類，也是捉鼠專家，為人類帶來極大的益處。

希臘智慧女神雅典娜的愛鳥就是一隻小貓頭鷹。而Ｊ‧Ｋ‧羅琳的魔法小說《哈利‧波特》中，貓頭鷹也是巫師們最高貴最受歡迎的寵物。

這時狐狸說：「剛才在森林裡作夢幻表演的就是螢火蟲小姐和她的兄弟姐妹們，而怪叫後在你倆頭頂掠過的就是貓頭鷹先生。」

「謝謝螢火蟲小姐！謝謝貓頭鷹先生！謝謝你倆這樣精彩的表演！」小龍仔和小風仔鞠躬道謝。

這時，螢火蟲小姐高聲宣佈：「第三場魔術表演開始！」

只見貓頭鷹先生端著一個寬口瓷瓶走到大廳中央，給大家看，裡面甚麼也沒有。狐狸先生從衣袋裡抽出一塊大大的黑布，當眾

抖了抖，也沒有甚麼東西。狐狸先生把黑布蓋在瓷瓶上，用魔術棒在瓶周圍劃了一圈，口中念念有詞。突然，他向空中一招手，說聲：「來！」再說聲，「開！」

狐狸先生隨即掀開黑布，只見瓶口有火冒出。

又聽狐狸先生說：「關！」大廳裡頓時陷入一片黑暗。但是，卻清楚地看見一小團一小團綠陰陰的火四處飄散。

「這不是剛才在森林裡見到的『鬼火』嗎？」小龍仔和小風仔都驚叫起來。

不知怎麼的，大廳裡一下子又光明了起來。小龍仔暗暗稱奇，心想：「這麼大的廳堂，竟然沒有一盞燈，也沒有一個開關，但是，又可以隨開隨關，隨明隨暗。難道狐狸

先生真的有魔法？」小龍仔正想著，只聽見小風仔問道：

「狐狸先生，到底是怎麼回事？您快給我倆講講吧。」

「魔術只不過是運用科學知識，技巧地將一些事物進行觀眾難以覺察的時空轉移，從而故作神秘罷了。

剛才的火是『磷火』，不是『鬼火』。道理很簡單，**磷化氫這種物質的燃點很低，在常溫下都可以自己燃燒。**」

「狐狸先生，這種磷化氫是不是在森林裡才有呢？」小龍仔想起森林裡的鬼火，所以有此一問。

「這種磷化氫是由動物或植物腐爛而產生的，所以，磷火多出現在森林、沼澤和墓地。而且，因為它極輕，可以隨空氣流動而飄移。所以，你走，身邊空氣走，磷火也隨空氣跟著你走。」狐狸指著手中的一瓶緊蓋著的磷化氫說。

「哈哈，真是有趣，我再也不怕『鬼火』了！科學知識也是很容易學很容易懂的哦。」小風仔頗有感觸地說。

小龍仔轉身對狐狸先生說：

「我和風哥哥要去……」

「你倆要去找五千年老槐樹爺爺，是嗎？」

「您怎麼知道的？」

「我是魔術大師呀！」

「您真了不起，甚麼都知道。」

「過獎了，過獎了！小龍仔，你倆還有甚麼需要嗎？」

「外面太黑，我倆趕夜路需要兩個火把和一盒火柴，不知……」

「你倆手裡不是拿著火把和火柴嗎？」

「哈哈哈哈，真神奇！就好像在夢裡一樣。」小風仔笑著舉起火把大聲叫著。

「狐狸先生，您是怎麼做到的？」小龍仔也豎起大拇指問道。

「我這裡是魔術大廳，也是如意大廳。只要是正當的需求，都會如願以償的。」狐狸先生神秘而謙遜地回答。

小龍仔說了聲「謝謝」後，拿起火柴去點燃火把。但是，火柴擦不燃，火把更沒法點燃。這時，只聽見小風仔低頭氣喘吁吁地說：

　　「小龍仔，我的頭好暈，好像呼吸不到空氣，快要斷氣了。」

　　小龍仔聽了風哥哥的話，也覺得喘不過氣，頭昏腦脹起來。

　　此時，狐狸先生將手向空中一招，喊道：

　　「氣來！」

　　話音未落，大家都戴上了氧氣罩，呼吸到了足夠的氧氣，頭腦立即清醒過來。

　　「狐狸先生，這是怎麼回事？」小龍仔急忙問。

「人活著需要空氣中的氧氣，火把燃燒也需要空氣中的氧氣。剛才，魔術廳中的空氣全部被抽走了，所以，大家頭昏氣喘，火把也燃燒不起來。」

「噢，原來空氣這麼重要。」小風仔認真地說。

「沒有空氣中的氧幫助，就不能燃燒，也就沒有了火。」小龍仔深有體會地說。

「你倆講得很對，**要燃燒，就要有可燃物（火把）、助燃物（氧氣）和溫度（火柴引燃），缺一不可。**所以，可燃物、助燃物、溫度這三樣就叫作燃燒的三要素，也可以說是火的三要素。」

「我們平時生火煮飯炒菜，烘烤取暖，習以為常，卻不知道有關火的科學知識，真是不應該。」小龍仔反思著，認識到了自己的不足。

「大自然是無窮無盡的，大自然的科學知識也是無窮無盡的，希望你倆走出這個魔術大廳後，能學到更多的科學知識。」

魔術大師狐狸先生講完了這些話，與貓頭鷹先生、螢火蟲小姐及明亮的魔術大廳一起消失了，只剩下小龍仔和小風仔高舉著熊熊燃燒的火把，在漆黑的森林裡，一步一步，勇敢地向北走去。

四、

上天，
還是入地？

　　大自然學校說遠不遠，卻很大很大。它有連綿起伏的高山，有廣闊無邊的草原，有富饒肥沃的田野，有碧綠清澈的河流湖泊……小龍仔拉著風哥哥的手，走啊走啊，沒日沒夜地尋找，終於在鮮花盛開，綠草如茵的草原旁，在那片望不到邊的郁郁蔥蔥的原始森林裡，找到了五千年老槐樹爺爺。

　　五千年老槐樹爺爺看了龍媽媽的信，對小龍仔說：

「小龍仔，你早就是大自然學校的學生了，而且你學習得很認真。」

「五千年老槐樹爺爺，我剛找到您呀，怎麼早就是大自然學校的學生了呢？」

「小龍仔，還記得嗎，你離開龍宮一出大海，就在大自然學校的分校上了第一課。」

「海水的來源，即地球上水的來源，是這個課題嗎？」

「是的。」

「千年靈龜先生是大自然學校的老師嗎？」

「是的。」

「那麼，啄木鳥先生、狐狸先生也都是我的老師囉？」

「是的。小龍仔，你真聰明！」

「五千年老槐樹爺爺，我的風哥哥也很想留下來學習，懇求您也收下他吧。」

「好吧，你倆就一起留下繼續學習吧。」

「謝謝五千年老槐樹爺爺！」

「不用謝。來，我帶你倆去認識同學。」

五千年老槐樹爺爺說完，就將鼠、牛、虎、兔、蛇、馬、羊、猴、雞、狗、豬等都叫了過來，與小龍仔和小風仔見面。他們和小龍仔一樣，都是十歲左右的孩子，而且都已經在大自然分校學習過了。

五千年老槐樹爺爺雖然有五千歲了，鬍鬚又長又白，但是他依然面色紅潤，高大英俊。他和藹但嚴肅地對大家說：「你們都是

同學，以後要團結友愛，互相學習，互相幫助，共同進步。」

「是！」大家齊聲回答。

從此，小龍仔和同學們一起日出而作，日落而息，開始了緊張而快樂的學習生活。

有一天，五千年老槐樹爺爺讓大家列隊集合在廣場上，請來了穿山甲先生，給大家上課。

穿山甲先生往隊前一站，他身材出眾，精神奕奕，朗聲說：

「同學們，今天的課題是：尋找寶藏！」

「報告穿山甲先生，去哪裡尋找寶藏？」

「當然不在課室，也不在操場，你們猜猜吧。」

「莫非要我們上天入地？」小龍仔想著，正欲舉手回答，卻聽見穿山甲先生說：

「小龍仔，你猜對了一半，不是上天，而是入地。」

大家一下望向小龍仔，意思是問：

「你真是這麼想的嗎？」

小龍仔眨眨眼，點點頭，頓時，十二雙眼睛的目光又一齊向穿山甲先生投去，小臉上全是敬佩的神情。

「我剛才猜到小龍仔的想法，只是運用了一點讀心術而已，不足為奇，不足為奇……」穿山甲先生還想謙虛下去，見到大家都向自己投來敬佩的眼光，於是說：

「你們不要這樣看著我，我會像大姑娘一樣害羞的。」

穿山甲先生幽默的話，博得了全體同學的歡笑聲和掌聲。

「好了，言歸正傳。同學們，大自然有很多寶貝，有的在地上，顯而易見；有的卻埋在地下，等待著我們去尋找。你們要好好學習，將來把這些寶藏開採出來，讓世界更美好。大家說，好不好？」

「好！」

大家響亮而異口同聲地回答。

穿山甲先生讓大家穿上礦工服，戴上有燈的礦工帽，每人都揹著一個布袋，拿著一個小鐵錘，一起進入了一輛電子彈頭鑽探車。這輛車形狀似織布的梭子，兩端像子彈頭，具有超強的穿鑿功能，莫說是岩層，就是鋼鐵，也能輕易穿過。所以，它在**地幔**中行走，無論上下左右，都是暢通無阻的。

電子彈頭鑽探車從地面向下，行走了近兩千米，見到的大部分是已經開採或正在開採的礦床。

鑽探車繼續下行。

「同學們，看看那些岩層的孔隙中是不是有氣體不斷冒出來？」穿山甲先生問道。

「是耶，很多孔隙，很多空氣呢。」大家紛紛回答說。

「那不是空氣，是天然氣。」

「甚麼是天然氣呀？」小虎仔問。

「天然氣就是主要由甲烷組成的氣態代石燃料。」

「燃料？可以生火煮飯嗎？」蛇妹妹問。

「可以的。」

「真好，看來我們以後可以不用煤炭和木柴了。」

「對，更環保一些。咦，這麼多含有天然氣的岩層，看來是遇上**天然氣礦床**了。」

「礦床？礦床是甚麼床？」羊咩咩好奇地問道。

「礦床，就是地層中可以被開採利用，有經濟價值的礦物的集合體。一般分為固體礦床、液體礦床和氣體礦床。」

「這裡就是**氣體礦床**，是嗎？」小兔仔問道。

「是的。」

「哎呀，糟糕透了，玻璃窗被黑乎乎的液體糊住了，完全看不見車外的景象了。」錦毛鼠仔驚叫起來。

「同學們不要驚慌，那些黑乎乎的液體是**石油**，也是地下的一大寶貝。」

「我知道，飛機、輪船、汽車所用的汽油都是從它那裡提煉出來的。」猴弟弟頗有見地，高聲說。

「是的，但石油的用途還有很多很多，同學們以後會學到的。」

「穿山甲先生，這裡就是**液體礦床**吧？」

「小狗仔，你說得很對耶。」

這時，電子彈頭鑽鑽探車已經自動清洗乾淨，窗外星光閃閃，非常迷人，大家不禁歡喜雀躍起來。憨厚的小牛弟弟笑著問：

「穿山甲先生，您不是說今天課堂在地下嗎，怎麼又上天了呢？」

「同學們，我們已經到了十八公里深的地下，仔細看看，那些不同顏色的點點閃光，是從哪裡發出來的？」

「啊呀，不是星光哦，是岩壁上的石頭發出來的閃光呢！」大家七嘴八舌地嚷著。

「同學們，這些有點點閃光的石頭就是**礦石**，這裡有這麼豐富的礦藏，應該就是……」

「**固體礦床！**」

還沒等穿山甲先生講完，同學們就異口同聲地說了出來。

「孩子們，你們真聰明！好了，這裡就是我們今天的主課堂，你們準備好袋子和小錘子，打開帽子上的礦工燈，去尋找自己喜愛的礦石吧。」

氣體礦床

鑽探車窗

液體礦床

固體礦床

這時，電子彈頭鑽探車向四面八方膨脹擴大，然後變成柱子和天棚撐住頂上，形成了一個巨大的採礦場。小龍仔和同學們一起，興高采烈地向四處跑去，用小錘子把喜愛的礦石敲下一小塊放在袋中。一小時後，大家都揹著滿袋的礦石回到了約定的集合地點，坐著變回原形的電子彈頭鑽探車返回了地面，將礦石送到了金屬冶煉廠。

經過冶煉廠的技術人員初步鑑定，同學們採來的礦石種類真多啊！有鐵礦石、銅礦石、金礦石、銀礦石，還有錫礦石、鋁礦石、鎳礦石等等，但最多的還是鐵礦石。

「咦，怎麼不見了小龍仔？」

「穿山甲先生，剛才您和冶煉廠廠長談話的時候，小龍仔往那邊去了，說是去看鐵水出爐。」小雞仔仔說。

「好吧，那我們請廠長帶路，一起去看看吧。」

穿山甲先生說完，廠長就帶領著大家向即將出鐵水的煉鐵爐走去。

大家遠遠看見小龍仔站在煉鐵車間的門口向裡面張望，廠長走過來，摸摸小龍仔的頭，笑了笑，吩咐一位小姐給每人派發了一套保護衣帽和一副墨鏡。大家穿戴好，進入車間，按廠長的安排站在爐前安全的地方。一會兒，只見火紅的鐵水從爐口流了出來，還不時飛濺出一朵朵閃爍著的火花。鐵水順著渠道注入不遠處一個個大大的特製空模，冷卻後就成了一個個大大的鐵錠。

「好新奇啊！」

「好美麗啊！」

「好刺激啊！」

……

　　大家看了鐵礦石在高大的冶煉爐裡變成鐵水流出來的壯觀情景，都興奮不已，讚不絕口。

五、生命之源

　　在五千年老槐樹爺爺的指導下，大家開墾良田，建造家園，植樹造林，播種稻麥……讓綠草成茵，花開四季，瓜果飄香，五谷豐登。

　　五千年老槐樹爺爺因材施教，諄諄引導，讓大家各學所喜，各展所長。每到年尾，就召開大會，讓大家表演自己學到的拿手本領。如小虎仔表演防衛禦敵，小狗仔表演跟

蹤追擊，錦毛鼠仔表演遁地探險，駿馬哥哥表演千里奔騰……

小龍仔呢，他的絕技就是佈雲施雨。只見他一飛衝天，長吟盤旋，一時間風聲四起，烏雲滾滾。未幾，細雨便洋洋灑灑地飄落了下來。一眾同學在雨中歡呼跳躍，讚揚小龍仔的技藝精湛。

小龍仔見此，連忙收雲息雨，飛降下地，抱拳致意，謙遜地說：「獻醜了！獻醜了！」

五千年老槐樹爺爺笑呵呵地表揚小龍仔學習刻苦，進步神速，並鼓勵他繼續努力，爭取更好的成績。

五千年老槐樹爺爺又對大家說：「你們剛才看見了雨水，有誰知道雨水是怎麼來的嗎？」

「我知道！」小龍仔馬上舉手說。

「好，你就给大家講講吧。」

「是。地上和江河湖海的水遇熱變成水蒸氣，水蒸氣蒸發飛上高空，遇冷凝聚成雲。當水蒸氣凝集而成的小水珠越來越大，越來越重的時候，便不能再停留在空中，就落了下來，從而形成了雨水。」

「小龍仔講得真好！大家為他鼓掌。」

待掌聲停了以後，五千年老槐樹爺爺用酒精燈將一個玻璃杯中的水加熱至沸騰，然後在沸騰的水上部放一個玻璃罩。大家看見玻璃罩內很快就充滿了白濛濛的水蒸氣，而玻璃罩頂部開始有小水珠凝成，不一會兒竟有水珠滴落下來。這時，五千年老槐樹爺爺說：

「同學們，從水蒸氣的上升到水珠的落下，就是雨水形成的過程。你們都看清楚了嗎？」

「看清楚了。」

「有誰可以舉一個生活中同樣的小事例嗎？」

「我有！」

「好，小豬仔同學，你說吧。」

「有一次我緊閉門窗在浴室洗熱水澡，但是忘了開抽氣扇，結果花灑噴出來的水蒸氣很快充滿了浴室，等我沖洗完畢，浴室天花已凝結了不少的小水珠，大一點的已在不斷地滴落下來，有一滴還落在了我的頭頂上……」

「哈哈哈……」

小豬仔還沒有講完，已是滿堂大笑。

「小豬仔的這個事例也可以說明雨水的形成過程。小豬仔，以後沖涼要記住開抽氣扇囉。」

大家又「哈哈哈」地笑了起來。

「同學們，水可以用來洗澡，你們還知道水有甚麼其它的用途嗎？」

「我知道，沒有水，莊稼就不能生長。」小豬仔舉手搶先回答。

「魚兒離開了水，就會死亡。」蛇兒說。

「花兒沒有水的滋潤，就會枯萎，也就沒有了花蜜。」不知道甚麼時候，偷偷飛進來聽課的蜜蜂和蝴蝶搶著說。

「我們如果不喝水就會口渴，身體沒有了水，也不能生存。」小馬哥哥說。

⋯⋯

「大家都講得很對，水對我們太重要了。可以說，**沒有水就沒有生命**，沒有水就沒有世間萬物。所以，我們一定要**珍惜水**，一定要**節約用水**。」

五千年老槐樹爺爺接著又說：「你們還學到了一些關於土壤、植物生長、燃燒、金屬礦產等方面的知識，但這些都較顯淺，你們要繼續更深入地學習。它們都是我們大自然的重要組成部分，都是我們生活、工作、國防、科研等各個領域必須的物質，所以，我們要徹底了解大自然，堅決保衛大自然，悉心愛護大自然，好好利用大自然。」

　　五千年老槐樹爺爺停了停，然後嚴肅地問大家：

　　「你們聽明白了嗎？記住了嗎？」

　　「我們聽明白了，我們記住了！」小龍仔和同學們一起回答。

六、借雲

時間過得很快，不知不覺間，小龍仔又長大了兩歲，而他對爸爸媽媽的思念也更加殷切了。但是，他把這種思念深深地藏在心裡，仍然一如既往地專心學習，刻苦操練。他決心在畢業時奪取最優異的成績，獻給爸爸媽媽。

過了新年，春天又來臨了。但是，春雨卻遲遲未下。小龍仔和同學們只好開渠引水，挑水澆園，好不容易才完成春播春種的任務。

然而，夏天也沒有下雨，秋天、冬天還是沒有下雨。五千年老槐樹爺爺宣佈：推遲一年畢業，大家齊心抗旱救災。

不久，水塘的水乾了，小河的水也乾了。花兒一天天地枯萎，和小草一起躺在了地上；樹葉一片片地枯黃，紛紛跌落了下來；農村的村民、城市的居民在炎炎的烈日下都渴得唇焦舌燥，奄奄一息。

怎麼辦？怎麼辦？小龍仔面對此情此景，焦急萬分。他想了很久，決定向五千年老槐樹爺爺請纓，前往東海收集雨雲，回來施雨。

　　「孩子，此去東海，千里迢迢，困難重重，你來回奔波，受得了嗎？」五千年老槐樹爺爺關心地問。

　　「我不怕！為了抗旱救災，讓大家過上好日子，再苦再累我也不怕！」小龍仔堅定地回答。

聽說小龍仔要去東海收集雨雲，小風仔自告奮勇地說：

「小龍仔，風哥哥陪你一起去。」

其它同學也爭著要去幫忙。五千年老槐樹爺爺說：

「大家都是好樣的，讓我們分工合作，團結一心，戰勝旱魔！」

說完，他批准小龍仔和小風仔一起去東海借雲，又吩咐其它同學留守校園，做好接雨蓄水的準備工作。

小龍仔和風哥哥奔走了三天三夜，終於來到了東海。

東海是小龍仔的家，他只要潛入海裡，就可以見到日夜思念的龍爸爸和龍媽媽。但是，小龍仔沒有這樣做。他四處奔走，廣泛地收集從海面蒸發的水蒸氣，然後將它們在高空冷卻成為雨雲。

　　聚集的雨雲越來越多，佔據了東海整個上空。只要將這些雨雲送到大自然學校那裡，就能解除當地旱魔的威脅。小龍仔不敢有絲毫停留，馬上駕著雨雲啟程往回趕。

　　但是，雨雲太多太大了，小龍仔費了九牛二虎之力，一天也走不了多少路。照這樣的速度，一個月都到不了目的地。

　　正在小龍仔發愁的時候，他的風哥哥說：

　　「小龍仔弟弟，不要擔心，我有辦法。」

小風仔說完，飛快地繞著雨雲跑了一圈，頓時形成了一個巨大的風兜，把所有的雨雲全部兜住。他讓小龍仔在前面拉著風兜走，自己則在後面拼命地將風兜向前推。就這樣，他倆齊心協力，不出三天，就把一大片黑壓壓的雨雲送到了旱區邊緣。

　　小龍仔拉著雨雲繼續向前走，但是，旱區空中的熱浪像熊熊的烈火一樣向他迎面撲來。小龍仔冒著被烤焦的危險，不顧一切地拉著雨雲向前衝。終於，小龍仔逼退了酷熱的氣浪，和風哥哥一起用濃密的雨雲將火辣辣的陽光遮住。不一會兒，天空中狂風大作，烏雲翻滾，伴隨著一陣陣的電閃雷鳴。未幾，雨點灑下，越來越多，越來越密，越來越急……

大自然學校的老師同學們，城市鄉村的居民村民們，在雨中奔走相告，欣喜若狂。大家歡呼：

　　「下雨了！下大雨了！我們有救了！小龍仔，我們好愛你！」

小龍仔站在彩虹上，向著大家用力揮動雙手，他微笑著，大聲說：

　　「我也好愛你們！」

簡單科普小常識

一、風的形成

熱空氣上升，冷空氣去填補，便形成了風。

二、圍繞太陽轉的八大行星

水星、金星、地球、火星、木星、土星、天王星、海王星。

三、海水是從哪裡來的（假想一）

1. 初始地球內的帶水物質呈水氣狀態，在高空凝結成雲。當地球溫度降低到一定程度，大量水氣雲層便會化作傾盆大雨落在地表，從而形成江河湖海；

2. 火山爆發噴射出來的大量水蒸氣在高空聚集，先形成雲層，再化為雨水落下；

3. 地表水的大循環；

4. 冰山因全球暖化而溶化，形成的大量冰水流入海洋。

四、土壤的組成

1. 液體（水分）；
2. 氣體（空氣）；
3. 固體（除了水分和空氣以外剩下的物質，包括礦物質、有機質和微生物等）。

五、土壤的層次

1. 上面黑色灰白色的耕層；
2. 下面黃色的非耕層。

六、植物生長三要素

1. 光照；
2. 空氣；
3. 水。

七、植物營養三要素

1. 氮，使植物枝繁葉茂；
2. 磷，促進果實和種子成熟；
3. 鉀，使植物莖幹健壯。

八、燃燒三要素（火的三要素）

1. 可燃物；
2. 助燃物；
3. 溫度。

九、礦床分類

1. 氣體礦床；
2. 液體礦床；
3. 固體礦床。

十、磷的燃點

1. 濕潤空氣中為攝氏 30 度左右；
2. 乾燥空氣中為攝氏 40 度左右。

作者簡介

　　郭曼武，字泰兑，筆名楊柳，湖南省澧縣人，畢業於湖南省師範大學，執教二十三年，曾任湖南省澧縣毛里湖禮賦學校副校長和湖南省漵浦縣盧峰中學教導主任。一九八八年來香港定居，現為香港永久居民，在香港著有散文集《女神頌》和《女神頌2》、詩集《雨花集》和長篇玄幻愛情小說《蜜蜜歲月》。

作者四部作品

書名： 　　　小龍仔求學記

作者： 　　　楊柳

編輯： 　　　青森文化編輯組

設計： 　　　4res

插畫： 　　　Spacey Ho

出版： 　　　紅出版（青森文化）

　　　　　　地址：香港灣仔道133號卓凌中心11樓

　　　　　　出版計劃查詢電話：(852) 2540 7517

　　　　　　電郵：editor@red-publish.com

　　　　　　網址：http://www.red-publish.com

香港總經銷： 　聯合新零售（香港）有限公司

台灣總經銷： 　貿騰發賣股份有限公司

　　　　　　地址：新北市中和區立德街136號6樓

　　　　　　(886) 2-8227-5988

　　　　　　http://www.namode.com

出版日期： 　　2023年6月

圖書分類： 　　兒童文學

ISBN： 　　　978-988-8822-63-8

定價： 　　　港幣78元正／新台幣310元正